Classiques & Contemporains

Jean-Claude Grumberg

Les Vitalabri

Présentation, notes, questions et après-texte établis par

CÉCILE PELLISSIER

professeure de Lettres

MAGNARD

Sommaire

Présentation
Jean-Claude Grumberg 5

Les Vitalabri
Avant-propos 8
Texte intégral 10

Après-texte

Pour comprendre

Étape 1 **Le départ** 64
questions Lire – Écrire – Chercher
à savoir Les mots du racisme

Étape 2 **L'errance** 65
questions Lire – Écrire – Oral – Chercher
à savoir Auteur, narrateur, personnage

Étape 3 **De l'autre côté** 66
questions Lire – Écrire – Oral – Chercher
à savoir Les mots de l'intolérance

Étape 4 **Le fils aîné tant aimé** 67
questions Lire – Écrire – Chercher
à savoir Les jeux sur les mots

Étape 5 **Retrouvailles** 68
QUESTIONS Lire – Écrire – Oral – Chercher
À SAVOIR Figures de style : les images

Étape 6 **Une histoire qui fait réfléchir** 69
QUESTIONS Lire – Écrire – Oral
À SAVOIR Pour mieux vivre ensemble

Étape 7 ***Les Vitalabri* en image** 70
QUESTIONS Lire – Écrire – Oral – Chercher
À SAVOIR Ronan Badel, auteur et illustrateur pour la jeunesse

GROUPEMENT DE TEXTES
Dire la tolérance 71

INFORMATION/DOCUMENTATION
Bibliographie, sites Internet, adaptation au théâtre 77

JEAN-CLAUDE GRUMBERG

Jean-Claude Grumberg est né en 1939 à Paris où il réside toujours. Il est écrivain, auteur de pièces de théâtre mais aussi scénariste pour la télévision et le cinéma.

Son père, tailleur-couturier de métier, est né en Roumanie. Victime de l'antisémitisme nazi, il est mort en déportation au camp d'extermination d'Auschwitz. Sa mère, retoucheuse, travaillait dans un atelier de confection. Durant la guerre, le petit Jean-Claude et son frère ont été un temps pensionnaires dans la Maison des enfants juifs de Moissac, dans le Lot-et-Garonne alors en zone libre, qui les a protégés de la folie nazie.

À l'issue de la guerre, Jean-Claude Grumberg découvre la lecture et dévore les ouvrages de la bibliothèque de son quartier. Apprenti tailleur, il découvre également le théâtre amateur grâce à l'Union de la jeunesse républicaine, un mouvement de jeunes communistes. Il décide alors de devenir comédien professionnel et est embauché dans la troupe de Jacques Fabbri. Là, il fait de la figuration ou des remplacements lorsque les acteurs sont malades, mais son activité principale consiste à s'occuper des costumes. Il commence cependant à écrire et adapte pour le théâtre une nouvelle d'Anton Tchekhov[1], *Le Duel*.

Lorsqu'il écrit pour lui, sans se soucier de savoir s'il sera joué ou non, il rencontre le succès. *Michu*, sa première pièce, est représentée en 1967 au Théâtre de l'Épée de Bois. Il publie

1. Médecin, écrivain et dramaturge russe (1860-1904).

ensuite *Demain une fenêtre sur rue* en 1968, puis des textes courts comme *Rixe*, mis en scène par Jean-Paul Roussillon et interprété à la Comédie-Française en 1971. Déjà, dans ses premiers écrits, il montre souvent des personnages mesquins et racistes, de « médiocres héros », comme il le dit lui-même.

Mais ce sont surtout son histoire personnelle et celle de ses parents qui vont lui inspirer plusieurs de ses grandes pièces, car toute sa vie artistique a été marquée par le profond traumatisme de son enfance. Pour lui, « écrire, c'est s'exprimer »[1], pour dire la douleur, la colère… sans se priver pour autant du rire, souvent bien grinçant. Il écrit *Dreyfus* (1973), puis *L'Atelier* (1979) et *Zone libre* (1990). Il commence à écrire des pièces pour la jeunesse en 1999 avec *Le Petit Violon*.

Surtout connu pour son théâtre, Jean-Claude Grumberg rédige aussi des récits pour adultes (*La Plus Précieuse des marchandises – Un conte*, 2019) ou des textes de réflexions (*Mon père. Inventaire*, 2003 ; *Pleurnichard*, 2010 ; *Pour en finir avec la question juive (l'être ou pas)*, 2017…). Il écrit aussi des histoires pour la jeunesse comme *Les Vitalabri* ou *Mon étoile*. Il est également scénariste et travaille avec de grands cinéastes (*Le Dernier Métro* de François Truffaut, 1980 ; *Le Couperet* de Costa-Gavras, 2009).

Jean-Claude Grumberg est marié et père d'une fille, Olga, qui est comédienne.

1. Voir l'interview publiée dans le recueil *Courtes pièces à lire et à jouer*, coll. « Classiques & Contemporains », n° 139, Magnard (2013), dans lequel se trouve *Mange ta main*, de Jean-Claude Grumberg, écrite en 2006.

Jean-Claude Grumberg

Les Vitalabri

À Olga,
À Jeanne,
J.-C. G.

AVANT-PROPOS

D'où sort cette famille Vitalabri ?

Elle est née à une époque heureuse, enchantée par une petite fille, ma fille, qui chaque dimanche matin se glissait dans mon lit, exigeant SON histoire. C'est là, dimanche après dimanche, que les Vitalabri sont apparus, sortant leurs museaux de leur abri. Au départ c'était sans doute une famille lapin ou souris, se jetant d'un trou à l'autre pour échapper aux griffes des renards et autres prédateurs.

Olga, ma fille, participait activement à l'élaboration du récit, par ses questions, ses suggestions, ses critiques et ses corrections. C'est là que j'ai ressenti pour la première fois la joie, la liberté et le privilège d'avoir à inventer une histoire pour enfants, mais, trop préoccupé par d'autres histoires à écrire ou à vivre, je n'ai pas osé m'adresser, en ces temps, directement à la jeunesse, si bien que je n'ai nulle trace écrite de ce que l'on a pu se raconter, Olga et moi, dimanche après dimanche. En conséquence, les Vitalabri d'aujourd'hui ne sont plus ceux d'hier.

Je devais cette histoire à ma fille, et, si je la lui offre avec un certain retard, je sais qu'elle a gardé une part de son âme enfantine capable d'accueillir, d'apprécier et de critiquer, comme il se doit, ces nouveaux Vitalabri. D'ailleurs tous les adultes ont gardé une part d'enfance, et ceux qui le reconnaissent peuvent sans modération fréquenter les histoires pour la jeunesse, elles sont aussi faites pour eux, spécialement les Vitalabri.

Les Vitalabri ont perdu, et je le regrette, leurs qualités « lapin-souris ». Peut-être, j'ose espérer, ont-ils gagné au fil des années quelques vertus humaines. Un dicton persan[1] dit qu'il n'est jamais trop tard pour raconter une histoire à un enfant, fût-il centenaire, surtout quand cette histoire finit bien.

La première partie de ces Vitalabri fut rédigée d'un trait, comme il se doit, un dimanche. Les deux autres prirent leur temps avant de sortir du stylo où elles s'étaient réfugiées par crainte sans doute des griffes des prédateurs.

Novembre 2012 – juin 2013

---

1. Phrase pleine de sagesse dite à l'origine par les anciens de Perse.

Connaissez-vous les Vitalabri ? Non non, ne cherchez pas sur une carte ni sur une mappemonde[1], il n'y a pas de pays Vitalabri. Les Vitalabri sont chez eux partout et nulle part, surtout nulle part. Pourquoi surtout nulle part ? Parce que ceux qui sont nés quelque part, et qui ne sont chez eux que là où ils sont nés et nulle part ailleurs, n'aiment pas les Vitalabri, même ceux qui sont nés près de chez eux. Pourquoi ? Certains disent – surtout ceux qui ont le nez rond – qu'ils n'aiment pas les Vitalabri parce que ceux-ci ont le nez pointu, et ceux qui ont le nez pointu, eux, n'aiment pas les Vitalabri parce qu'ils trouvent leur nez trop rond. D'autres n'aiment pas les Vitalabri parce que les Vitalabri ont les yeux bleus, ou noirs, ou marron, comme les cochons, disent ceux qui n'aiment vraiment pas les Vitalabri. On n'aime pas non plus les Vitalabri parce qu'ils sont trop grands, beaucoup trop grands, ou trop petits, beaucoup trop petits, ou trop moyens, beaucoup trop moyens, c'est moche. Enfin, en général, on n'aime pas trop les Vitalabri, vous l'aviez compris. Bon, passons.

Alors donc, un jour, dans un pays lointain, ou proche, tout dépend de là où vous êtes vous-même, madame Vitalabri déclara à son mari :

---

1. Carte représentant le globe terrestre.

– Sais-tu quoi, monsieur Vitalabri ?

Les Vitalabri sont très polis entre eux, ou très malpolis, tout dépend de quels Vitalabri il s'agit. Les nôtres à nous, ceux dont on raconte l'histoire, sont polis, très polis.

– Sais-tu quoi, monsieur Vitalabri ?

– Non, madame Vitalabri chérie.

Je vous l'ai dit, très polis.

– On va partir d'ici.

– Partir d'ici ?

– Oui, partir d'ici.

– Et pourquoi partir d'ici ?

– Parce qu'ici on n'aime pas les Vitalabri.

– Ah ! Et on ira où ?

– Là où on aime les Vitalabri.

– Tu sais quoi, madame Vitalabri ?

– Non, monsieur Vitalabri.

– Restons ici.

– Mais puisqu'ici on ne nous aime pas.

– Ailleurs on ne nous aime pas non plus.

– Comment tu sais ça ?

– Comment je sais quoi ?

– Qu'ailleurs on ne nous aime pas ?

– On vient de le dire tout au début.

– Si t'écoutes tout ce que les gens disent !

– Je n'écoute pas tout ce que les gens disent, j'écoute ce qui vient d'être dit ici.

– Ce que je viens de dire ici, c'est qu'on va partir d'ici.

– Bon.

– Voilà !

– Quand ?

– Quand quoi ?

– Quand on va partir ?

– Demain matin.

– Demain matin ?!

– Oui, demain matin on part.

– L'as-tu dit aux enfants ?

Là, il faut vous dire que certaines familles vitalabraises ont beaucoup d'enfants, beaucoup trop, d'autres par contre n'en ont pas du tout, ce qui est trop peu, et c'est aussi pourquoi on n'aime pas les Vitalabri. Comment ? Vous n'avez pas compris, là, le pourquoi ? C'est simple, parce qu'ils ont trop d'enfants ou pas assez. C'est clair ? Voilà. Ah, j'avais oublié de vous dire, on n'aime pas les Vitalabri aussi à cause de la couleur de leur peau, trop blanche, ou trop marron, ou trop jaune, ou trop rouge, d'ailleurs on a déjà zigouillé un grand nombre de ceux qui avaient la peau rouge, qui vivaient tout nus et qui faisaient peur aux enfants des autres couleurs de peau, les visages pâles. Bon, passons. Il y a tant de choses à dire sur les Vitalabri, on s'y perdrait vite et je risquerais de ne pas pouvoir vous raconter l'histoire de nos Vitalabri à nous.

– Pour partir, chère madame Vitalabri chérie, il faut de l'argent.

– Quoi ? Que dit-il ?

– Des sous.

– Comment ça, des sous ?

– Du pognon, de l'oseille, de l'artiche, du blé, du jonc – dit monsieur Vitalabri en langue vitalabraise –, du trèfle !

– On va vendre tout ce qu'on a.

– On a quoi ?

– Deux fois rien.

– Ça fait pas grand-chose.

– C'est mieux que rien, non ?

– Oui, deux fois rien c'est mieux que rien mais c'est quand même pas grand-chose.

Ils trouvèrent vite une famille vitalabraise qui venait d'arriver d'on ne sait pas où, un lieu qu'ils avaient fui parce que, dirent-ils, là-bas on n'aime pas les Vitalabri. Cette famille, arrivant donc avec moins que moins que rien, fut bien contente de trouver les deux fois rien à vendre pour moins que rien de notre famille Vitalabri à nous. Malgré tout ils leur déconseillèrent de partir, en tout cas dans l'endroit d'où ils venaient, parce que là-bas on n'aimait pas, mais pas du tout, les Vitalabri, au point même d'en faire des petits pâtés pour donner aux ouah-ouah. Madame Vitalabri, notre madame Vitalabri à nous, fit remarquer à son mari Vitalabri :

– Tu vois comment ils sont les Vitalabri de là-bas, il faut toujours qu'ils exagèrent. Qui peut croire qu'on fait des petits pâtés pour donner aux ouah-ouah avec des Vitalabri !

Monsieur Vitalabri hocha la tête tout en se disant : inutile de discuter parce que quand une Vitalabri a quelque chose coincé sous son fichu[1] – ah j'ai oublié, où ai-je la tête, il faut que je vous dise que si les mâles vitalabrais ont des moustaches ou pas, une barbe ou pas, les dames vitalabraises, les Vitalabraises donc, portent toutes des fichus sur la tête, ou alors vont tête nue, en cheveux, oui oui, ou même certaines, celles-là sont très très mal vues par les gens qui n'aiment pas les Vitalabri, et même par certains Vitalabrais, certaines même se baladent avec un chapeau sur la tête, oui oui oui oui, un chapeau ! Du coup personne, vous le pensez bien, n'aime les Vitalabraises avec leurs fichus, leurs cheveux ou leurs chapeaux sur la tête. Bon, enfin passons.

Monsieur et madame Vitalabri réunirent leurs enfants et leur dirent :

– Enfants chéris à papa-maman, écoutez.

– Nous vous écoutons, papa-maman ! piaillèrent les petits et petites vitalabrais.

– Nous allons partir d'ici.

– Chouette !!! s'égosillèrent les plus petits.

1. Étoffe pliée en triangle, dont les femmes se couvrent la tête ou les épaules.

– Pour aller où ? grincèrent les plus grands qui avaient déjà parcouru une bonne moitié de la terre sans jamais pouvoir s'installer nulle part.

– Ailleurs.

– Ailleurs où ?

– Quelque part où on se sentira chez nous.

– Pourquoi pas ici alors ?

– Non non, insista madame maman chérie, non non non, ici on ne nous aime pas.

– Qu'est-ce que ça fait ?

– Qu'est-ce que ça fait ? Qu'est-ce que ça fait ?! Je ne veux pas vivre, moi, dans un pays où je ne suis pas aimée ! Je ne veux pas que mes enfants y grandissent ! Même monsieur Vitalabri ne veut pas !

– Bon, d'accord, alors ? lâcha le père Vitalabri.

– Alors on va partir chercher un endroit où on sera enfin comme chez nous.

– Et comment on saura qu'on est arrivés enfin comme chez nous ?

– Quand on arrivera quelque part où les Vitalabri seront aimés.

– Même ceux qui ont le nez rond ? Ou pointu ? Même ceux qui n'ont pas de nez ?

– Je ne les aime pas, moi, les sans-nez ! chuchota la plus petite de la troupe.

L'aîné des enfants soudain cria très fort :

– Maman ! Cet endroit n'existe pas !

– Qu'en sais-tu, fils ?

– Je l'ai lu dans mes livres.

– Tu lis trop. En route vers le pays où les Vitalabri sont libres et heureux !

L'aîné gronda alors :

– Je ne peux pas partir.

– Pourquoi ça, fils aîné ?

– De quoi de quoi ? gronda papa.

– Mon bagage serait trop lourd.

– Son bagage serait trop lourd ? Voyez-vous ça ! Et pourquoi ça ?

– Parce que je ne peux pas partir et laisser mes livres.

– Des livres qui disent qu'aucun pays n'aime les Vitalabri ne méritent pas de voyager.

– Laisse-les là, prends ton violon, et suis-nous.

Le cœur serré, l'aîné abandonna ses livres. Des livres trouvés, récupérés dans les décharges publiques et les poubelles privées, des livres jetés par les lecteurs lassés[1], ramassés et sauvés par le fils aîné. Il les enveloppa et les enfouit dans un endroit secret et sec pour tenter de les sauver une nouvelle fois de la destruction définitive.

– Prends ton violon !

1. Ennuyés, ou découragés par leur lecture.

Il faut vous dire que chez les Vitalabri le violon ou le banjo, la guimbarde ou le flûtiau, le mirliton ou le turlututette[1], sont autant d'instruments dont les Vitalabri, dis-je, sont friands[2]. Chaque enfant Vitalabri se chargea donc de son instrument bien-aimé et suivit ses parents bien-aimés.

Ils se mirent en route aussitôt.

1. Instruments de musique de différentes sortes.
2. Passionnés.

La première nuit qu'ils passèrent loin de chez eux – ou plutôt non, pas très loin de leur point de départ, mais très loin en revanche de leur point d'arrivée, étant donné qu'ils ne connaissaient pas ce point et qu'ils avaient déjà oublié le point d'où ils étaient partis le matin même. Je m'y perds un peu moi-même. C'est que raconter la vie des Vitalabri n'est déjà pas chose aisée, mais raconter la vie des Vitalabri en voyage, ça c'est carrément coton[1]. Bon, passons.

Donc les Vitalabri, notre famille Vitalabri à nous – celle que nous accompagnons dans son voyage vers la terre où… vous savez bien – marchait le jour et dormait la nuit, sauf dans certaines contrées[2] où l'on aimait encore moins les Vitalabri qu'ailleurs. On ne les aimait déjà pas… mais là, pour des raisons de prudence et par peur des coups de bâton, ils dormaient le jour et marchaient la nuit. Souvent ils n'avaient pas d'abri, et les Vitalabri sans abri souffrent terriblement, surtout du froid et du chaud, du trop froid et du trop chaud.

Pour manger ? Comment faisaient-ils pour manger ? C'est une très bonne question, je vous remercie de me l'avoir posée

1. C'est difficile (expression familière).
2. Régions.

car ça va me permettre d'y répondre. Certains disent qu'ils jouaient tous en famille de la musique vitalabraise. Ils s'arrêtaient sur le bord du chemin, ou à l'entrée d'une petite ville, ou à l'orée[1] d'un grand bois, sortaient leurs instruments, et se mettaient à jouer. Les gens du pays traversé, ceux qui y étaient nés et n'en avaient jamais bougé, ne leur donnaient jamais rien. Car cela les aurait incités[2] – les Vitalabri – à rester. Et, disaient ceux qui étaient nés à cet endroit, encore pire, cela aurait fait venir d'autres Vitalabri ! Cela les aurait incités à venir s'installer chez eux. Donc ils passaient en se bouchant les oreilles, tout en faisant ceux qui n'aimaient pas la musique vitalabraise.

– Des crincrins[3], disaient-ils, des miaulements de chat écorché ! Des piaillements de souris !

Ils passaient, oreilles bouchées, en gardant leurs deux poings bien enfoncés dans leurs poches, même en pleine chaleur, pour bien montrer qu'ils ne voulaient rien donner du tout.

Pardon ? Comment pouvaient-ils se boucher les oreilles tout en tenant leurs mains profondément enfoncées dans leurs poches ? C'est une bonne question. Aussi dois-je vous faire une bonne réponse. Ils se bouchaient les oreilles avec des petits bouchons spéciaux enfoncés dans leurs oreilles – en tout cas c'est ce que disent certains auteurs vitalabrais –, ainsi ils n'avaient pas besoin de leurs mains pour se boucher les oreilles, de plus

---

1. À la bordure, à la lisière.
2. Cela leur aurait donné envie.
3. Mauvais violons.

ces petits bouchons spéciaux d'oreilles diffusaient pour eux seuls, dans leurs oreilles à eux, une musique qu'ils n'avaient pas à partager avec les autres et qui les protégeait de la musique vitalabraise.

Tout cela ne vous dit pas comment mangeaient nos Vitalabri, je sais. C'est bien simple : lorsque d'autres Vitalabri passaient là par hasard, ils se mettaient soudain à battre de leurs deux mains au rythme de la musique vitalabraise qu'ils aiment par-dessus tout. Puis à sautiller d'un pied sur l'autre sur place, puis à danser comme des enragés, et enfin à chanter avec notre famille vitalabraise, pour finir par sortir leurs propres instruments et par se mettre à jouer, à jouer avec entrain, joie et gaieté, parfois même tristesse et nostalgie[1]. Alors ils se mettaient à sangloter tous en chœur tant la musique vitalabraise leur rappelait leur misère passée, présente et à venir.

Ça ne vous dit toujours pas comment ils mangeaient ? C'est simple, j'y viens. Ensuite les Vitalabri qui vivaient là sortaient leurs croûtons de pain et, parfois, les partageaient avec nos Vitalabri à nous. Et ainsi nos Vitalabri mangeaient et poursuivaient leur route.

Vers où ?

– Vers le pays où on nous aime ! reprenait maman Vitalabri aux enfants qui, instruments rangés, rongeaient les croûtons

1. Mélancolie, en repensant au passé.

de pain avec appétit tout en lui demandant et en lui redemandant :

– On va où, maman chérie ?

– Vers le pays où on nous aime, mes enfants !

Monsieur Vitalabri et son fils aîné soupiraient, mais ne disaient rien, car ils savaient tous les deux que lorsqu'une Vitalabri a quelque chose coincé sous le fichu, les cheveux ou le chapeau, inutile d'essayer de la convaincre, mieux vaut se coucher et se reposer un peu.

Les petits traînaient des pieds et bâillaient. Madame Vitalabri se mettait alors à chanter à tue-tête des chansons de marche vitalabraises qui faisaient danser les cailloux des chemins, pleurer les pierres de la route et remonter les cascades en sens inverse. Même les montagnes difficiles à gravir sans chanter se grimpaient en un tournemain[1]. La famille, en chantant, marchait d'un bon pas et leur chant faisait rougir les idiots croisés et se réjouir les cœurs vitalabrais. Les oiseaux à l'unisson leur répondaient et même les bêtes à cornes dans les champs les saluaient soudain de leurs salutations les plus bovines[2]. Nos Vitalabri marchaient et marchaient, le front haut et le regard fier. Mais lorsqu'au loin ils devinaient un uniforme, ils cessaient immédiatement de chanter et hop se jetaient tout vêtus à l'abri d'un fossé, d'un taillis[3], d'un bosquet[4], ou même, pour les plus petits, au cœur d'une petite touffe d'herbes sauvages.

---

1. Rapidement (expression).
2. C'est-à-dire leurs meuglements.
3. Buisson.
4. Petit groupe d'arbres.

Ainsi, en marchant, en chantant, et en se jetant, ils arrivèrent à la frontière infranchissable. Là, un Vitalabri rencontré par hasard et comme par enchantement leur proposa de la leur faire passer. Madame Vitalabri dit tout de suite :

– Oui ! Merci beaucoup, merci infiniment ! Oui oui oui !

Monsieur Vitalabri, lui, dit :

– Il faut réfléchir.

– Qu'est-ce qu'il y a à réfléchir ? On veut aller jusqu'au pays où les Vitalabri sont aimés, non ?

– Oui.

– Donc il faut sortir de ce pays-ci, et pour en sortir, il faut franchir cette frontière infranchissable, et si un camarade Vitalabri au grand cœur rencontré par hasard et comme par enchantement nous propose de nous la faire franchir, je vois pas à quoi nous devons réfléchir.

– Il faut toujours réfléchir, précisa papa Vitalabri.

L'aîné l'approuva. Et notre famille vitalabraise se mit à réfléchir. Pendant leur réflexion, le camarade Vitalabri rencontré par hasard et comme par enchantement leur fit voir combien belle était la vie pour les Vitalabri de l'autre côté de la frontière infranchissable. Madame Vitalabri en eut les larmes aux yeux.

– Ils nous aiment ?

– S'ils nous aiment ? C'est pas de l'amour, c'est de la rage ! Ils défilent des jours entiers en criant : On aime les Vitalabri ! On aime les Vitalabri !

Papa Vitalabri demanda alors :

– Pourquoi le camarade rencontré par hasard et comme par enchantement réside de ce côté-ci de la frontière plutôt que de l'autre côté, là où la vie est si belle pour les Vitalabri qui y sont tant aimés ?

– Justement pour aider les Vitalabri comme vous à passer de l'autre côté, là où les trottoirs sont si propres et si accueillants.

– Pourquoi nous parle-t-il de la propreté des trottoirs ? demanda le fils aîné.

– Oui, pourquoi ?

– Il vaut mieux dormir sur des trottoirs bien propres plutôt que sur des trottoirs sales et souillés comme chez nous ici, non ?

Madame Vitalabri, tout en s'épongeant les yeux, approuva puis gronda :

– Pour une fois qu'on rencontre un camarade qui veut nous aider, il faut que vous lui posiez vos questions à la noix[1] !

– Moi je veux bien manger des noix, murmura la plus petite.

– De l'autre côté tu en mangeras, y en a plein les trottoirs.

– Que font les noix sur les trottoirs ?

– Elles y poussent afin que les petits vitalabrais puissent les cueillir et les manger sans se fatiguer.

Monsieur Vitalabri posa alors la question qui tue :

1. Sans intérêt ni importance (expression familière).

– Combien nous prendras-tu pour nous faire franchir la frontière infranchissable ?

– Moi ? Rien.

– Rien ?

– Rien pour moi.

– Ouais ouais ouais ouais, murmurèrent l'aîné et papa. Combien ça nous coûtera à nous, sans que ça te rapporte rien à toi ?

– Ah, je dois vous faire faire des faux papiers. *False papir.*

– Des quoi ?

– Des *false papir.* Faux papiers.

– Pour quoi faire ?

– Pour pouvoir passer et circuler de l'autre côté une fois passés.

– Ah. Et ça, ça coûte ?

– Ça coûte, bien sûr ça coûte. Et puis il faut aussi payer les uniformes.

– Payer les uniformes ?

– Pour qu'ils ferment les yeux.

– Il faut payer les uniformes pour qu'ils ferment les yeux ? Ils ne dorment pas sans être payés ?

– C'est mieux de passer quand on est sûr qu'ils ont les yeux fermés.

– Et s'ils ouvrent les yeux et nous voient pendant qu'on passe ?

– Alors là il faudra leur montrer vos faux papiers et leur graisser la patte[1] pour qu'ils les trouvent vrais.

– Avec quelle graisse ?

– Pognon[2].

– Ah.

– Et si on ne leur graisse pas la patte ?

– Ils peuvent vous arrêter.

– Et ?

– Vous mettre en prison.

– Et ?

– Et vous sortir de prison.

– Oui ?

– Et vous ramener.

– Où ?

– À la frontière.

– Ah, d'accord d'accord. Mais ça fait combien tout ça pour passer ?

– Attendez, moi je ne prends rien pour moi mais il faut me rembourser mes frais.

– Ah, y a des frais ?

– Bien sûr j'ai des frais.

– Bon, ça fait combien ?

– Combien avez-vous sur vous ?

---

1. Leur donner de l'argent pour qu'ils soient indulgents (expression familière).
2. Argent (mot familier).

– Sur nous ?

– Oui, combien avez-vous sur vous ?

– Pas un sou.

– Pas un radis.

– Pas un kopeck.

– Pas un liard.

– Ah.

– Ouais.

– C'est peu.

– C'est peu, oui, mais ça nous suffit.

– Écoutez, il ne sera pas dit que pour une vulgaire question d'argent je laisse une famille vitalabraise au pied de la frontière infranchissable. Donnez-moi vos instruments de musique et surtout le violon du garçon.

– Il n'en est pas question ! hurla l'aîné, en serrant son violon. Mes livres, après mon violon, non non non !

– Non non non ! crièrent en écho le reste des enfants.

– Bon bon bon, alors votre édredon[1] et un ou deux pantalons.

– Nous n'avons qu'un pantalon chacun.

– Les jeunes pourront circuler jambes nues de l'autre côté, il y fait si chaud ! Vous n'aurez besoin ni de pantalon ni d'édredon.

---

1. Couverture faite de duvet de canard.

– Tu sais quoi, camarade, décida soudain madame Vitalabri chérie, tu sais quoi, après avoir bien réfléchi, je pense que nous allons nous passer de ta camaraderie.

– Pourquoi ?

– Une idée comme ça.

– Nous voulons garder nos instruments, notre édredon et même nos pantalons.

– Ah.

– Quoi ah ?

– Dans ce cas c'est différent.

– Qu'est-ce qu'est différent ?

– Ne passez pas cette frontière.

– Pourquoi ?

– Là-bas, c'est pire qu'ici.

– Pire ?

– Pire.

– Tant pis, nous irons dans le pays d'après.

– Le pays d'après je ne le connais pas, mais…

– Mais ?

– Rien. Bonne chance.

Et le camarade vitalabrais rencontré par hasard disparut comme il était venu, comme par enchantement.

Le lendemain, ils étaient de l'autre côté. Comment ? Comment avaient-ils fait, sans l'aide du camarade vitalabrais rencontré par hasard et comme par enchantement ? Très simplement. Ce fut le fils aîné qui eut l'idée. Pour fermer les yeux des uniformes sans leur graisser la patte, il suffisait de leur jouer une berceuse, une de ces berceuses vitalabraises qui fermeraient les yeux des gardiens de l'enfer eux-mêmes et qui avaient endormi des générations de Vitalabri au berceau[1] sans manger et sans avoir chaud.

Au cœur de la nuit donc, ils se glissèrent tout près du poste[2] des uniformes, et ils leur jouèrent « Shlouf shlouf klïné militaïré », grand succès de leur répertoire, suivi de « Fais dodo Colas mon petit frère, fais dodo t'auras du lolo ». La guimbarde de papa Vitalabri accompagnant les « Oï louli loulou » de maman Vitalabri qui s'était mise à chanter avec cœur et passion, ce qui acheva de fermer les yeux au corps de garde[3]. Notre famille passa, les doigts dans le nez, comme une lettre à la poste[4].

Le lendemain matin donc, ils étaient déjà dans la capitale du pays d'à côté.

---

1. C'est-à-dire lorsqu'ils étaient bébés.
2. Local où sont réunis les soldats.
3. L'ensemble des soldats qui se trouvent dans le poste.
4. Expressions familières pour dire « facilement ».

– Alléluia[1] ! cria maman Vitalabri en embrassant le trottoir, tandis que le père faisait remarquer :

– Cet homme nous a menti, regardez, les trottoirs sont tout aussi sales et remplis de Vitalabri qui dorment comme des bienheureux, et il n'y a pas la moindre noix.

Madame Vitalabri s'allongea alors et déclara avec ravissement :

– Le meilleur trottoir que j'aie jamais eu de ma vie !

– Oui oui oui, lâchèrent papa Vitalabri et le fils aîné, oui oui oui.

C'est alors que tous les Vitalabri couchés se dressèrent d'un coup comme un seul homme et se mirent à courir en tous sens à la grande stupeur de nos Vitalabri à nous. Des uniformes, bâtons levés, se pressèrent autour de papa-maman et des enfants. Ils les laissèrent ramasser leurs baluchons[2], leur édredon et leurs instruments de musique, puis les poussèrent vers un tramway[3] grillagé.

– Le paradis, le paradis sur terre ! murmura maman Vitalabri. Voyez, ils lèvent leurs bâtons mais ne les abaissent ni

---

1. Expression qui exprime la bonne humeur due au plaisir d'avoir eu de la chance. À l'origine, cri de joie qui se dit à la fin de certains hymnes religieux.
2. Paquets où l'on met ses affaires pour voyager et que l'on porte le plus souvent à la main.
3. Véhicule public qui circule en ville, sur des rails.

sur nos dos ni sur la tête des enfants. Le paradis ! Le paradis, mes chéris !

– Oui oui oui, murmurèrent Vitalabri père et fils.

– Oui oui oui, reprirent en écho les petits.

Le tramway grillagé les déposa devant la préfecture, un grand palais majestueux où leur était réservée, un peu en contrebas[1] il est vrai, une vaste salle voûtée avec de grandes fenêtres grillagées, avec un sol impeccable, très peu meublée. Là, ils purent s'étaler à leur aise, à même ce sol, et on leur servit même une copieuse soupe de gruau[2] tiède. Ils s'en régalèrent. Puis ils sortirent leurs instruments et s'offrirent un concert, dégustatif et privé[3].

Surgit alors un Vitalabri vêtu à la mode des nés quelque part s'arrachant les cheveux en hurlant son désespoir :

– Des musiciens ! Des musiciens ! Encore des musiciens ! Toujours des musiciens ! Arrêtez ! Arrêtez avec ça ! Arrêtez la musique ! Cessez ! Cessez ! Vous nous faites du tort ! Vous nous faites du tort, à nous, les Schnellbunker[4] !

– Qu'est-ce que c'est que ça ?

– Qu'est-ce que c'est que ça, quoi ?

– Ben, qu'est-ce que c'est que les Schnellbunker ? Vous êtes Vitalabri, non ?

---

1. Dans la partie basse.
2. Bouillie de céréales moulues grossièrement.
3. En manière de dégustation, et pour eux seuls.
4. Nom construit à partir des mots allemands *schnell* qui signifie « rapide » et *bunker* qui est un local fortifié.

– Chut chut chut !!! Ici il ne saurait plus y avoir de Vitalabri, les gens d'ici n'aiment pas les Vitalabri, ici nous sommes tous et toutes Schnellbunker et je vous engage à le devenir vous-mêmes dans les délais les plus brefs.

– Comment devient-on Schnellbunker ?

– En cessant d'être Vitalabri.

– Mais nous ne voulons pas cesser d'être Vitalabri !

– Et surtout en arrêtant de faire cette musique vulgaire !

– On ne veut surtout pas arrêter de faire cette musique vulgaire !

– Vous le devez, vous le devez, vous le devez ! À quoi sert la musique ?!

– Comment ça « À quoi sert la musique » ?

– À rien ! À rien ! À rien ! À rien ! À rien du tout !

– Mais si, ça sert !

– Ça émeut.

– C'est beau…

– Arrêtez, arrêtez la musique ! Plus de musique ! Plus de musique ! Plus de tangos, plus de symphonies, plus de jazz, plus de berceuses et nan nan nan, plus, plus de musique ! Ici, dans ce merveilleux pays qui vous accueille aujourd'hui si généreusement, il n'y a absolument plus de place pour la musique et les musiciens ! Nous avons trop de musiciens vitalabrais, et pas assez de Schnellbunker ouvriers spécialisés.

– En quoi ?

– Quoi, en quoi ?

– Spécialisés en quoi ?

– En tout.

– Donc pas spécialisés ?

– Si si, spécialisés en tout.

– Bon, d'accord, en tout.

– Qu'est-ce que vous savez faire ?

– Moi, dit l'aîné, du violon.

– Aaaah !!!

– Et moi du ukulélé[1], souffla l'un des plus petits.

– Aaaah !!! Non non non non ! Vous devez avoir un métier, un vrai métier.

– Quel genre de métier ?

– Un métier utile.

– Quel métier utile au juste ?

– Vous madame, vous savez coudre ?

– Si je sais coudre !!! Qui sait pas coudre ? Il me demande si je sais coudre ! Bien sûr que je sais coudre !

– Parfait, couturière. Couturière spécialisée en travaux de couture.

– Non mais vous avez vu ? Il m'a demandé si je savais coudre ! Mes enfants vont cul nu[2] peut-être ?! Si je sais coudre ! Montrez-lui vos fonds de culottes et vos chaussettes !

– Monsieur, sauriez-vous rempailler les chaises paillées dépareillées[3] dépenaillées[4] ?

– Heu…

---

1. Sorte de très petite guitare.
2. Vont tout nus, ou sans vêtements dignes de ce nom (expression familière).
3. Qui ne sont pas semblables aux autres.
4. Abîmées, qui partent en morceaux.

– Parfait, rempailleur appareilleur de chaises paillées dépenaillées dépareillées.

– Heu…

– Je note, je note, je note. Je transmets au service et je vous informe dans les plus brefs délais de l'avancée de votre dossier. En attendant votre expulsion[1], heu pardon, votre accréditation[2] prochaine, vous êtes assignés à résidence[3] ici même. Il vous sera gracieusement fourni un jour sur deux un repas chaud chacun.

– Et pourquoi pas un par jour ?

– Voilà voilà, voilà pourquoi vous, les Vitalabri, vous vous faites haïr partout ! Un repas tous les deux jours c'est mieux que pas de repas du tout !

– Oui, mais c'est moins bien qu'un repas par jour, ou même deux repas par jour…

– Ou trois !

– La crise, la crise, vous n'avez pas entendu parler de la crise ?

– C'est quoi, la crise ?

– Le manque d'argent.

– Le manque d'argent ?! Il me demande si j'ai déjà entendu parler du manque d'argent ?! Mais c'est moi qui l'ai inventé, le manque d'argent ! Depuis ma naissance je manque d'argent ! Et mon père et ma mère, et leurs pères et leurs mères, ont toujours manqué d'argent, toujours ! Depuis ma naissance ! Il

---

1. Renvoi hors du pays.
2. Autorisation à vivre dans le pays.
3. Obligés de rester où vous êtes, avec interdiction de vous déplacer.

me demande si moi j'ai entendu parler du manque d'argent ?! Mais déjà le Schnellbunker est loin.

Le fils aîné le suit en criant :

– Est-ce qu'on peut sortir d'ici en attendant ?

Le Schnellbunker se presse, sa serviette[1] sous le bras. Des uniformes à la porte du palais crachent sur son passage. Le Schnellbunker les salue.

Le fils aîné le suit, toujours à ses trousses[2] :

– Est-ce qu'on peut sortir en attendant ?

Le Schnellbunker est loin.

Le fils aîné se retrouve sur l'esplanade[3] du palais de justice, les uniformes de la porte n'ont pas réagi et même lui tournent le dos.

L'aîné sort alors son violon de son étui, un violon vitalabrais, et se met à jouer de la musique vitalabraise propre à arracher aux passants des larmes et des sanglots. Il joue, il joue, il joue encore, avec passion, conviction et émotion. Un passant s'arrête, sort une main de ses poches armée d'un mouchoir et se met à se moucher et à s'éponger les yeux en secouant la tête, comme si cette musique lui parlait d'un temps lointain, temps ancien si émouvant qu'il sort maintenant une pièce de son autre poche et qu'il la glisse dans la poche de l'aîné, tout en s'épongeant les yeux.

---

1. Sorte de cartable plat, porte-documents.
2. Derrière lui (expression).
3. Grand espace plat et découvert.

L'aîné joue toujours. Alors un uniforme s'approche, se plante devant lui au garde-à-vous, tout en réprimant ses sanglots et en contenant son émotion il murmure :

– *Papir !*

L'aîné joue de plus en plus tout à sa passion, il n'entend ni ne voit l'uniforme.

Celui-ci alors hurle :

– *Papir !!!*

Le violon s'arrête.

– Pardon ?

– Accréditation, autorisation de circuler, autorisation de faire musique sur voie publique !

L'aîné indique qu'il n'a rien de tout cela. L'uniforme alors, rangeant son mouchoir, après s'être essuyé les yeux :

– Pas accréditation ni autorisation faire musique, pas de permis séjour pour circuler, ramener frontière.

Le premier auditeur alors glisse sa main dans la poche de l'aîné, reprend sa pièce et déclare :

– J'adore la musique vitalabraise, mais je n'aime pas les gens qui ne sont pas en règle, désolé.

Il part, retenant ses larmes. L'uniforme prend l'aîné par le bras et les voilà partis vers le tramway grillagé qui remonte vers la frontière infranchissable.

Le lendemain matin, l'aîné se retrouve de l'autre côté, près du poste. Là, connaissant la combine[1], il joue, il joue, berceuse sur berceuse. Les uniformes plongent alors dans un profond sommeil, et le voilà sur les routes dans le pays qu'il avait quitté la veille…

Et l'aîné tant aimé, sur les sentiers et les chemins du pays quitté la veille, marche, marche, et tandis qu'il marche, monte en lui une allégresse[2] inconnue, une joie inédite[3], ineffable[4]. Le soleil du haut du ciel lui fait fête, les oiseaux sifflent, cuicuitent et trillent[5] comme pour saluer son passage. Les fruits, du haut des branches, mûrissent et se penchent vers lui, offerts. Les buissons, arides[6] hier encore, où se cachaient ses frères et sœurs, fleurissent, comme pour célébrer son retour.

Il marche, il marche encore, et une chanson nouvelle monte à ses lèvres, une chanson allègre[7], revigorante[8], vivifiante[9] gonfle

---

1. Astuce.
2. Grande joie.
3. Qui n'a jamais existé jusqu'alors.
4. Qu'on ne peut qualifier ni expliquer.
5. Chantent fortement, sur deux notes.
6. Desséchés.
7. Joyeuse.
8. Redonnant de la vigueur, de la force.
9. Redonnant de la vie, de l'énergie.

sa poitrine d'un air pur et serein[1]. Il se sent soudain comme un voyageur de retour chez lui dans le pays qui attendait, qui espérait son retour, son pays, et sa chanson remplit le paysage.

Il traverse les mêmes villages, s'arrête à l'orée des mêmes bois, et il y joue, il y joue comme hier, sur son violon, mais aujourd'hui les villageois s'arrêtent et écoutent, comme s'il était l'un des leurs, puis le remercient, qui d'un sourire, qui d'une piécette, d'un quignon[2] de pain, d'un verre de vin, ou même – bonheur ! – d'un reste de ragoût[3]. Il est des leurs, enfin. Même les uniformes croisés ne le font plus se jeter, de tout son long, dans les fossés. Au passage, il leur siffle un petit air guilleret[4], une ritournelle[5] que tous les enfants du pays connaissent et sifflent quand ils savent siffler, les uniformes en réponse le saluent d'un geste de main qui ressemble plus à un bonjour qu'à un avis d'expulsion.

Il n'a plus peur, il n'a plus peur.

Dans son cœur se mêle cette joie nouvelle, cette joie du retour chez soi, avec la douleur de la séparation.

Quand reverra-t-il les siens ? Papa-maman chéris et tous ses frères et sœurs. Comme ils seraient heureux, ici, avec lui, de retour chez eux, dans le pays où on les aime, dans le pays

---

1. Calme.
2. Croûton.
3. Plat de viande en sauce.
4. Joyeux.
5. Air connu, qui se répète en une courte phrase musicale.

retrouvé, marchant sous le soleil, chantant, et jouant ensemble la chanson du retour chez soi.

Soudain une pensée terrible lui arrache un petit cri : Comment feront-ils sans moi ? Il n'y a que moi qui sache lire et écrire. Comment feront-ils ?

– Comment fera-t-il, notre aîné tant aimé, lui qui ne sait ni quêter[1] ni compter ?

Ainsi pensaient papa-maman ce matin-là, anxieux qu'ils étaient de sa disparition.

C'est alors que surgit leur Schnellbunker, serviette sous le bras, et marchant à grands pas.

– Ça y est ! Ça y est ! Victoire ! Victoire ! Tout est réglé ! Vous êtes expulsés !

– Expulsés ?

– Expulsés ! Jamais au grand jamais, vous entendez, un dossier n'a été traité si vite ! Jamais ! Jamais ! Il faut vous dire que j'ai insisté, j'ai mouillé la chemise[2], je me suis jeté à leurs genoux et j'ai crié : « Pitié, ces gens ne peuvent plus attendre ! Soyez humains pour une fois, expulsez-les, mais vite ! » Et pour une fois, l'Administration – L'ADMINISTRATION ! – m'a entendu !

– Pourquoi expulsés ?

– C'est ce qui pouvait vous arriver de mieux !

– Ils n'ont plus besoin de couturières ?

– Non non, ils donnent tout à coudre dans des pays lointains où les petites mains payent pour travailler.

---

1. Faire la quête, c'est-à-dire demander de l'argent.
2. J'ai fourni de gros efforts, je n'ai pas ménagé ma peine (expression familière).

– Plus besoin de rempailleurs de chaises dépaillées ?

– Tout est en plastique aujourd'hui et fabriqué encore plus loin pour moins que moins que rien.

– De quoi ont-ils besoin dans ce pays alors ?

– D'argent ! D'argent ! Comme dans tous les pays. Avec de l'argent, beaucoup d'argent, vous serez bien accueillis partout, mais si vous restez comme vous êtes présentement, miséreux, loqueteux[1], sans un rond[2], vous serez expulsés de partout !

– Nous ne pouvons pas être expulsés d'ici !

– Comment ça, vous ne pouvez pas ? En quel honneur, vous ne pouvez pas ? Après tout ce que j'ai fait pour vous ?

– Notre fils aîné bien-aimé a disparu.

– Votre fils aîné bien-aimé a disparu ?

– Disparu, oui.

– Hier, quand vous êtes sorti…

– Il vous a suivi…

– Et depuis…

– Ah làlàlàlàlàlàlàlàlàlàlàlà ! J'espère qu'il n'a pas fait d'esclandre[3] ! Ma réputation, n'est-ce pas, la réputation de tous les Schnellbunker, ah mon Dieu, mon Dieu, c'est toujours comme ça avec vous, les Vitalabri, vous ne faites que des bêtises et c'est nous, les Schnellbunker, qui trinquons et payons les

---

1. Vêtu de haillons, de vêtements déchirés.
2. Sans un sou (expression familière).
3. Tapage, scandale.

pots cassés[1] ! Pourvu, pourvu qu'il n'ait rien fait d'irréparable ! Il est sorti, dites-vous ?

– Derrière vous.

– Derrière moi ! Mon Dieu, mon Dieu ! Mais c'est interdit, il vous est interdit de sortir, interdit, totalement interdit, surtout derrière moi !

– Qu'est-ce qui a pu lui arriver ?

– Il a été expulsé, c'est sûr.

– Expulsé ?

– Oui oui oui, expulsé, il aura joué de sa satanée musique sans permis sur la voie publique ! Ah la musique, la musique, toujours la musique ! Qu'est-ce que vous avez besoin de toujours jouer votre saleté de musique ?!

– Mais on aime ça !

– Oui, on aime ça !

– Quoi ?!

– Jouer de la musique.

– Notre musique.

– Vous aimez jouer votre musique ?! Voyez-vous ça ! Moi il y a des tas de choses que j'aime faire, et que je ne fais pas en public ! On se retient ! Bon, écoutez, j'ai obtenu pour vous un pécule[2].

– Un quoi ?

– Un petit pécule.

---

1. Expressions familières pour dire « subissons les conséquences ».
2. Somme d'argent.

– Un petit pécule ?

– Un peu de monnaie, si vous préférez. Chaque expulsé vitalabrais, grâce à l'action de la Fédération philanthropique[1] des Schnellbunker, a droit à un petit pécule à condition qu'il s'engage à ne plus jamais remettre ses pieds dans le pays.

– Quel pays ?

– Ici, ici ! Le pays d'ici, celui qui vous donne ce pécule pour que vous partiez dormir sur les trottoirs d'un autre pays. Et là-bas, à coup sûr, vous retrouverez votre aîné tant aimé !

– Nous préférons l'attendre ici, merci.

– Il ne peut pas revenir ici, il ne peut pas !

– À cause du pécule ?

– Quel pécule ?

– Celui qu'il a touché quand on l'a expulsé.

– Ah non non non non non non non non, s'il a joué de sa musiquette *horribilis* sur la voie publique sans permis, on l'a expulsé sans pécule.

– Sans pécule ? Alors il a le droit de revenir.

– Il va revenir, il va revenir !

– Absolument pas ! Absolument pas ! S'il revient il sera jeté en prison !

– Je préfère l'attendre quand même ici.

– Moi aussi.

– Il sait où on est, il reviendra, on l'attend.

1. Qui aime les êtres humains.

– Non non non non non, il ne reviendra pas ! Il ne reviendra pas ! Il vous attend dans le pays où on l'a expulsé ! Il vous attend !

– Je préfère…

– Nous préférons…

– Quand même…

– Soyez raisonnables, ne gâchez pas une occasion unique, pensez à tout ce que j'ai fait pour vous ! Mieux vaut être expulsé avec un petit pécule plutôt qu'avec un grand coup de pied au cul, non ?

– Si.

– Si.

– Bon, où voulez-vous être expulsés ?

– Dans le pays d'où on vient ?

– Non non non, ils ne nous aiment pas là-bas, souviens-toi.

– Alors, où ?

– Dans un pays inconnu, peut-être qu'on le trouvera dans ce pays inconnu.

– C'est sûr ! Absolument sûr ! Il vous attend dans ce pays inconnu. Madame Vitalabri, pour une Vitalabri, vous faites preuve de beaucoup de bon sens et d'intuition[1], d'un sens intuitif, dirais-je, proprement remarquable.

– Voulez-vous que je vous lise les lignes de la main ?

– Non non non non ! Nous n'avons pas le temps, hélas. Merci merci merci. Vous veniez d'où ?

– De là-bas.

---

1. Faculté à prévoir, à deviner rapidement ce qui va se passer.

– Non, de là-bas.

– C'est ce que je dis, de là-bas.

– Non, de là-bas là-bas, pas de là-bas là-bas !

– Bon, vous venez d'en haut ou d'en bas ?

– D'en haut.

– D'en bas.

– Écoutez, résumons, le mieux étant l'ennemi du bien[1], je vous suggère un pays chaud, parce que si vous êtes obligés d'y attendre longtemps d'être expulsés, mieux vaut attendre au chaud, non ?

Et c'est ainsi que papa-maman chéris et le reste de leurs enfants partirent pour un pays où les Vitalabri du cru ne s'appelaient plus Schnellbunker mais Prestocasa[2].

Il serait fastidieux[3] de vous décrire les mœurs[4] de ces Prestocasa qui ressemblaient beaucoup à celles des Schnellbunker, en beaucoup moins efficaces, et aussi, malgré tout ça, à celles des Vitalabri puisqu'ils étaient d'origine vitalabraise. L'histoire des origines est une autre histoire, notre histoire à nous c'est celle de cette famille vitalabraise. Comme les Prestocasa étaient beaucoup moins bien organisés que les Schnellbunker, nos Vitalabri restèrent longtemps au soleil sur un trottoir, avant d'être expulsés, sans pécule, et réexpulsés encore et encore, sans jamais retrouver leur fils aîné tant aimé.

---

1. Expression qui signifie que l'on peut abîmer ce qui est déjà bien en cherchant toujours à le perfectionner.

2. En italien, signifie « vite à la maison ».

3. Ennuyeux.

4. Manières de vivre.

Celui-ci était arrivé à la ville quittée la veille. Il y avait retrouvé ses livres enfouis, salué les quelques Vitalabri de connaissance qui n'avaient pas encore émigré, ou qui étaient déjà revenus d'émigration, puis il s'était mis à un coin de rue, violon à l'épaule, et avait joué, confiant dans sa bonne étoile naissante.

Le soir même, un homme – un Vitalabri mais qui n'en avait pas l'air –, après l'avoir entendu, lui demanda :

– Voulez-vous faire de la musique en professionnel ?

– Qu'est-ce que faire de la musique en professionnel ?

– Jouer et être payé pour.

– S'il s'agit de jouer du violon…

– Je suis imprésario[1], je vous prends sous contrat, vous serez logé, nourri, blanchi[2], et vous aurez même, si tout va bien, un peu de monnaie pour couvrir vos menus frais[3].

– C'est ça être professionnel ?

– C'est ça. Alors, c'est oui ?

– C'est oui.

Aussitôt l'imprésario se mit à faire la quête.

---

1. Personne dont le métier est de s'occuper d'un artiste, du bon déroulement de sa carrière (aujourd'hui, on dit plutôt « agent »).

2. On lavera votre linge.

3. Payer vos petites dépenses.

– Vous, vous n'aurez qu'à jouer. Donnez, donnez pour la musique ! Vous voyez, tout le boulot sera pour moi. Donnez pour la musique ! Donnez !

Décidément, depuis son retour, la chance courait après l'aîné et elle ne cessa pas de courir.

Bientôt il devint célèbre dans les sous-sols des bas-fonds[1] où son imprésario lui trouvait des contrats. Il y jouait toute la nuit, et au petit matin, il pouvait à son aise faire les poubelles pour y dénicher des livres à sauver qu'il lisait le jour même, avant de les mettre en vente le lendemain.

C'est ainsi qu'il devint professionnel dans la musique et dans la librairie. Il était heureux, mais sans cesse il pensait à papa-maman : Où sont-ils ? Où sont-ils donc ? Dans quel pays où l'on n'aime pas les Vitalabri ont-ils encore échoué ?

Quand il avait le cœur trop serré en pensant à ses parents, il jouait alors quelque chose qui arrachait les larmes même aux non-Vitalabri les plus endurcis fréquentant les sous-sols des bas-fonds où son imprésario le faisait se produire.

Bientôt il devint presque riche en petite monnaie, et presque libraire ambulant[2] dans les sous-sols des bas-fonds fréquentés par les gens de la haute[3].

Un vrai professionnel !

---

1. Milieu où vit une population misérable.
2. Vendeur de livres itinérant, qui propose sa marchandise ailleurs que dans un magasin lui appartenant.
3. Expression familière pour désigner les personnes riches, dont on dit qu'elles appartiennent à la « haute société ».

Échoués sur un trottoir inconnu d'un pays inconnu, papa-maman se morfondaient[1].

– Où il est, où il est ?
– Et si tu te taisais au lieu de répéter « Où il est où il est » !
– Je te le dis pas à toi, je me le dis à moi.
– Si tu te le dis à toi, pourquoi moi je l'entends ?
– Peut-être parce que, toi aussi, tu te dis « Où il est où il est » ?
– Même si moi je me le dis, toi tu ne m'entends pas le dire !
– Si, je t'entends te le dire puisque je dis que tu te le dis.
– Bon, laisse tomber, laisse tomber, tu veux !

Ils n'avaient plus goût à rien, même à se disputer.

Chaque jour commençait par un soupir « Oïe ! » et se terminait par une plainte « Oïe ! ».

Et les années passèrent et passèrent…

1. Se désespéraient, se faisaient du souci.

Un beau jour, un de ces jours froids, humides et venteux, avec grêle, crachin[1], grêlons, un vrai temps donc à mettre à la rue un Vitalabri, s'il n'y est pas déjà, le pays où l'aîné était installé, à la faveur d'un changement de gouvernement, concocta[2] puis édicta[3] une loi destinée aux Vitalabri, résidents ou de passage, avec ou sans papiers, vrais ou faux, logés ou non, travaillant ou pas.

Tous et toutes devaient, sous peine de poursuites, accompagnés de leur progéniture[4], trop nombreuse ou pas assez, devaient se déclarer, spontanément[5] et de leur plein gré[6], aux uniformes dûment assermentés[7] formés pour[8], afin de se faire tatouer à la base du front, au sommet du nez, là, entre les sourcils, un V bien visible.

L'aîné s'informa aussitôt auprès du premier uniforme croisé :

– Pardon, monsieur l'uniforme, pouvez-vous me dire pourquoi faut-il un V sur le nez des Vitalabri ?

– L'es-tu ?

---

1. Pluie fine.
2. Élabora avec soin.
3. Publia de façon officielle.
4. L'ensemble de leurs enfants.
5. De façon immédiate, sans se poser de questions.
6. Volontairement, sans être obligés.
7. Reconnus par le gouvernement, duquel ils dépendaient et auquel ils avaient prêté serment.
8. C'est-à-dire éduqués et entraînés pour faire les tatouages.

– Pardon ?

– L'es-tu ?

– Heu, je…

– Vitalabri, l'es-tu ?

– Ah non non non non, non pensez donc ! Si je suis… non non non non !

– Bon. Pardon, monsieur, vous disiez, monsieur ?

– Pourquoi faut-il, ou faudrait-il, un V sur le nez des Vitalabri ?

– Pour les reconnaître.

– Pour les reconnaître ?

– Oui, sans V, on ne les reconnaît pas.

– On ne les reconnaît pas ?

– Ça ne pouvait plus durer, comprenez-vous ?

– Oui oui oui oui oui. Mais ceux qui dorment couchés sur le sol ?

– Ah ceux-là c'est facile, on les ramasse, on les tatoue, et on les expédie je ne sais où. Mais hélas, il y a ceux qui sont comme vous et moi.

– Comme vous et moi ?

– Avec un chez-soi. C'est eux, le danger.

– Le danger ?

– Et on ne les reconnaît pas, vous voyez ?

– Je vois.

– Ça ne pouvait plus durer ! Avec leurs nez ronds, pointus, droits, tordus, petits, grands, et leurs femmes en cheveux, fichus ou chapeaux, ça ne pouvait plus durer, comprenez-vous ? Ça ne pouvait plus durer !

– Oui, bien sûr.

– Remarquez, moi j'ai l'expérience, je les reconnais, moi, du premier coup d'œil, à l'odeur dirai-je, mais faut penser aux jeunes.

– Aux jeunes ?

– À ceux qui débutent dans la carrière.

– Les jeunes Vitalabri ?

– Non non non non non ! Les jeunes sous l'uniforme pour la première fois.

– Ah oui oui, bien sûr, bien sûr.

– C'est sûr, ça fait du boulot, du boulot en plus, mais…

– Mais ?

– Quand c'est pour la bonne cause, n'est-ce pas ?

– Bien sûr.

– On ne ménage pas sa peine !

– Certes.

– Ça ne pouvait plus durer !

– C'est ça.

– Alors, serviteur[1], bien le bonjour, monsieur.

– Serviteur à vous.

Casse-toi la binette[2] dans les toilettes !

---

1. Formule de politesse qui signifie « je vous salue bien bas, je suis à votre service » (comme le ferait un serviteur face à son maître).

2. Expression pour dire « casse-toi la figure, fais-toi mal ».

Aussitôt l'aîné liquida son stock de livres poubelles, se saisit de son violon, claqua la porte de son chez-soi et, avec l'appui de son imprésario, prit la poudre d'escampette[1] par le premier bateau partant pour n'importe où.

Du pont de ce bateau, il vit le pays qu'il avait cru sien s'éloigner, s'éloigner, devenir une vague brume à l'horizon puis disparaître. C'est alors, réprimant[2] ses sanglots, qu'il pensa très fort à ses parents qu'il perdait là à jamais, partant ainsi à l'autre bout du monde, se condamnant donc à ne jamais les retrouver.

Pour se consoler et partager sa douleur avec les Vitalabri errants qui l'entouraient, il joua une vieille ballade[3] vitalabraise, reprise en chœur, à fond de cale[4], par ses camarades de voyage.

Après quelques jours sur mer au milieu de ses frères aux nez vierges[5] de V, il accosta enfin dans un pays où, par miracle, on accueillait volontiers les Vitalabri, pourvu qu'ils soient musiciens et qu'ils puissent, d'une manière ou d'une autre, payer un droit d'entrée, ce qu'il fit.

Dans ce pays, les Vitalabri ne se nommaient plus Vitalabri, ni même Schnellbunker ou Prestocasa, ils étaient Quickhome[6].

---

1. Expression pour dire « s'enfuit ».
2. Retenant.
3. Chanson.
4. Dans la partie inférieure de la cale, qui est elle-même la partie la plus basse du navire, où l'on stockait les marchandises et où voyageaient les passagers les plus pauvres.
5. Non tatoués.
6. En anglais, signifie « vite chez soi ».

Tous les Quickhome, et même les non-Quickhome, parlaient très vite, et très très fort, une langue incompréhensible. Les musiciens aussi jouaient très vite et très très fort. Ce qui n'empêcha pas l'aîné, que son imprésario avait rejoint, de devenir rapidement un virtuose[1] apprécié, au point qu'il n'eut plus besoin de pêcher dans les poubelles des livres à sauver et à vendre.

1. Brillant musicien.

Ce fut madame Vitalabri chérie, notre madame Vitalabri à nous, qui découvrit sa photo sur une affiche fraîchement collée alors qu'elle s'éveillait sur son trottoir, près de la soupe pour tous offerte gracieusement[1] par les Quickhome aux familles vitalabraises nécessiteuses[2].

– Monsieur Vitalabri, murmura-t-elle…
– Quoi encore ?
– Il y a là une affiche…
– Je m'en fiche, je dors !
– Sur le mur, là, une affiche…
– Je me contrefiche de ce qu'ils collent sur leurs murs ! Je dors, je te dis !
– Sur cette affiche, je crois qu'il y a…
– Ce que tu crois ou pas, je m'en contrefiche aussi !

Oui hélas, mille fois hélas, depuis la disparition du fils aîné tant aimé et après le départ l'un après l'autre de leurs autres chers enfants – ils avaient même dû céder les deux plus jeunes à une association charitable Quickhome d'entraide à l'enfance

1. Aimablement.
2. Miséreuses.

vitalabraise nécessiteuse, qui distribuait les enfants Vitalabri nécessiteux aux familles Quickhome non nécessiteuses mais sans enfants. Ainsi avaient-ils pu mettre leurs pieds sur cette terre promise[1] tout en assurant l'avenir matériel de leurs chers enfants…

– Une mère qui sème ses enfants à tout vent n'a plus la parole et doit se taire à jamais !

– Un père incapable de garder sa progéniture et de la nourrir doit se cacher dans les trous les plus profonds de la terre et ne jamais en sortir !

– Tais-toi ! Tais-toi ! Tais-toi ! Ou…

– Ou quoi ? Vieux débris !

Voilà, plus polis du tout, je vous dis.

Ils ne se parlaient plus, ils s'aboyaient dessus, tout juste s'ils ne se mordaient pas les mollets dès le matin.

– Je suis fatigué, fatigué, t'entends ! Je veux dormir, dormir !

– Sur cette affiche, il y a…

– Merde ! Merde ! Merde !

– Non, pas ça. Il y a une frimousse[2] qui ressemble comme deux gouttes d'eau à…

– Je ne t'écoute pas, je dors à poings fermés.

– À la bobine[3] chérie de notre bien-aimé fils aîné.

1. Dans la Bible, il s'agit d'un lieu qui fut promis par Dieu à Abraham et à sa descendance. Cette expression désigne aussi un lieu idéalisé, difficile à atteindre, obtenu en récompense de nombreux efforts.
2. Mignon petit visage.
3. Visage (mot familier).

– Quoi ? Tu délires, vieille noix ! Glisse ton fichu sur ton nez, ferme tes yeux et ta boîte à fromage[1], et dors !

– Regarde ! Regarde au moins !

– Bon, je vois que je n'aurai pas la paix. Que ferait mon fils aîné collé sur un mur d'ici ?

– Regarde, il tient son violon.

– Tu crois que ton fils est le seul à tenir un violon de par le monde ?

– Regarde !

– Je ne vois rien.

– Mets ton lorgnon[2].

– On me l'a piqué, tu sais bien.

– Je sais que tu l'as échangé contre de quoi fumer.

– Bien sûr, pour fumer, un lorgnon ne sert à rien.

– Approche-toi ! Alors, tu vois le violon ?

– Oui oui.

– Il en jouait si bien.

– C'est moi qui lui ai appris.

Madame Vitalabri se jeta alors sans prévenir sur un passant qui passait :

– Monsieur, monsieur, cher monsieur, soyez bon !

– Je n'ai ni monnaie ni heure, je ne suis pas d'ici, et c'est tout ce que je sais dire dans votre langue.

---

1. Expression familière pour dire « Tais-toi ».
2. Paire de lunettes sans branches, qui se pince sur le nez.

Monsieur Vitalabri interpella alors un autre passant qui passait :

– Pouvez-vous nous lire ce qui est écrit là-haut sur l'affiche ?

– Et pourquoi je ferais ça ? Ils peuvent bien écrire ce qu'ils veulent pour tenir leurs murs debout, je m'en fiche.

– C'est que nous n'arrivons pas à lire ce qui est écrit là-haut !

– Moi non plus je ne sais pas lire leur sabir[1].

– Leur sabir ?

– Et je ne comprends pas non plus un mot de ce que vous dites.

– Vous ne nous comprenez pas ?

– Je viens d'un pays où les mots viennent de perdre leur sens et j'arrive ici pour découvrir qu'ici, ils n'en ont jamais eu.

– Jamais eu de quoi ?

– De sens.

– Bien sûr que les mots ont un sens !

– Qu'est-ce qu'il raconte, celui-là ?

– Je vous dis, madame, que je ne comprends pas un mot de ce que vous me dites, comprenez-vous ?

– Quelle langue parlez-vous donc ?

– La même que la vôtre, sinon on ne se comprendrait pas du tout.

– Mais vous nous dites ne pas comprendre un mot de ce qu'on vous dit ?

1. Langage qui est difficile à comprendre parce qu'issu du mélange de plusieurs langues.

– C'est vrai, depuis que je suis ici, je ne comprends plus rien à rien.

– Vous nous parlez, là, on vous parle.

– Si vous appelez ça parler ! Il fallait m'entendre là-bas !

– Là-bas où ?

– D'où je viens.

– Et vous venez d'où ?

– De là-bas, tiens !

– Vous êtes un Quickhome ou quoi ?

– Un homme qui quoi ?

– Un Vitalabri. Vous êtes un Vitalabri ?

– Bien sûr je suis vitalabrais.

– D'où ?

– Quoi ?

– Vous êtes un Vitalabri d'où ?

– Non non non non non ! C'est fini ça, bien fini ! Je gueule, je frappe, je mords, je ne suis plus doux du tout ! Plus du tout doux ! Doux plus du tout !

– Lisez-nous juste ce qui est écrit sur l'affiche, en grosses lettres, là-haut.

– Là-haut où ?

– Là-haut là !

– Ah, je ne comprends pas un mot de ce qu'ils disent. Pourquoi *laola*, pourquoi faire *laola* ? Pour qui faire *laola* ?

– Connaissez-vous vos lettres ?

– Si je connais qui ?

– Vos lettres !

– L'alphabet !

– L'alphabet ?

– B. A. Ba ! Ba !

– Bien sûr, bien sûr que je connais l'alphabet ! B. A. Baba !

– Épelez-nous les lettres écrites là-haut ! On a perdu nos lorgnons.

– Les lettres là-haut ?

– Épelez, épelez ! Par pitié, épelez !

– Les leu L. L. ! O. U. Lou !

– Lou ?

– X. O. R.

– Louxor !

– C. O. N.

– Ah dites donc !

– C. O. N. C. E. R.

– C. O. N. C. E. R ?

– T. !

– Concert ! Louxor Concert !

– H. A. L. Le Le Le.

– H. A. Lelele ?

– Hall !

– Hall !

– Louxor Concert Hall[1] !

– Vous voyez bien que ça ne veut rien dire.

– Louxor Concert Hall ?

---

1. Salle de concert imaginaire. Son nom est formé à partir de celui d'une célèbre salle de cinéma parisienne, Le Louxor, et du groupe nominal Concert Hall, signifiant « salle de concert » en anglais.

– Où est le verbe ? Y a même pas de verbe chez eux ! Chez nous, là-bas, y avait des verbes, et des verbes jusqu'à plus soif[1] ! Et on se les jetait à la gueule ! Fallait voir ça ! Et tiens que je te jette un verbe en pleine poire[2] ! Hop il m'en retournait un panier entier par retour de courrier[3] ! Ah, des verbes, des verbes ! Nous nous jetions des verbes toute l'année ! Toc, prends un verbe ! Et toc, prends celui-là ! Et voilà celui-ci ! Ah, c'était bon ! C'était si bon de se jeter tous les verbes de la terre à la tête ! Ici ? Louxor Concert Hall… Ça ne veut rien dire, rien ne veut rien dire. On ne peut rien dire sans verbe, et rien sentir sans verbe, on est nulle part sans verbe, nulle part !

Mais déjà nos deux Vitalabri chéris couraient, main dans la main, dans les rues de la ville inconnue, vers le Louxor Concert Hall.

Devant le Louxor Concert Hall, il y a foule. On s'arrache les derniers billets. Mais pour arracher un billet ou deux, il faut en donner bien plus qu'un ou deux ! Et nos Vitalabri n'ont pas de billets à donner, ils n'ont aucun billet. Alors madame Vitalabri se met au centre de la place et crie :

– C'est mon fils ! C'est mon aîné ! Et voilà son père ! C'est son aîné aussi ! C'est moi qui lui ai appris à tenir son violon propre et c'est son père qui lui a appris à en jouer ! Laissez-nous entrer ! Laissez-nous entrer !

---

1. À profusion, très nombreux (expression familière).
2. En pleine figure (expression familière).
3. Immédiatement (expression).

Le père aussi crie :

– Laissez-nous entrer ! Laissez-nous entrer ! C'est sa mère ! Et moi je suis son père !

Les uniformes en civil se précipitent sur eux et les repoussent.

Le concert commence. On ferme les portes. On les repousse encore. Ils crient toujours :

– Laissez-nous entrer ! Laissez-nous entrer !

Puis nos Vitalabri à nous se ruent[1] sur l'entrée des artistes dans la rue derrière. Ils y sont encore stoppés et repoussés. Ils insistent à nouveau.

– C'est mon fils ! C'est mon fils !

– C'est notre fils ! Notre fils aîné tant aimé !

Le concert se termine. On entend les applaudissements et les cris :

– Bravi ! Bravo ! Brava !

L'aîné arrive enfin, son violon sous le bras, et un bouquet de fleurs sous l'autre. Nos Vitalabri à nous, malgré la foule et les uniformes en civil de gala qui les repoussent toujours, se jettent de toutes leurs vieilles forces sur leur fils bien-aimé qui les aperçoit. Il en lâche ses fleurs et presque son violon.

– Fils ! Fils ! Fils !

– Maman ! Papa !

– Fils ! Fils ! Fils !

– Papa-maman !

---

1. Se précipitent vers.

Et là, je vous laisse deviner la joie des uns et des autres.

Une joie qui déferle, qui les fait trembler, tituber, qui les renverse presque. Ils en étouffent, ils en crient, ils en dansent, ils en chantent.

Soudain, l'aîné, le père et la mère, se mettent à jouer, là, en pleine rue, un concert de retrouvailles. Ils jouent, ils jouent, l'un sur son violon, les autres sur des couvercles de poubelle ou sur les pavés avec leurs pieds. Tout fait joie ! Tout fait musique ! Ils jouent, ils crient, ils rient, puis ils chantent à nouveau.

Tous leurs autres enfants alors surgissent des rues adjacentes[1], certains même viennent d'autres pays, d'autres continents, pour les rejoindre, pour chanter avec eux à l'unisson, avec papa, maman et le frère aîné.

Je sais, je sais, ce n'est pas très vraisemblable, mais nous sommes dans une histoire, non ? À la fin presque de cette histoire. Pourquoi voulez-vous que toutes les histoires finissent mal ? Il faut bien que quelques-unes finissent bien, non ?

Après ?

Après ils sont devenus tous musiciens quickhome, avec papiers, vrais papiers, et domicile, vrai domicile.

Ils vécurent heureux et eurent beaucoup d'enfants, mais avec toujours un pincement au cœur et une douleur à la poitrine en

---

1. Voisines, attenantes.

pensant aux Vitalabri restés là-bas dans les pays où fleurissent les V sur les fronts, avant que ne s'y fanent les Vitalabri à jamais.

Après-texte

POUR COMPRENDRE
Étapes 1 à 7 64
Questions sur l'œuvre et notions à connaître

GROUPEMENT DE TEXTES
Dire la tolérance 71

INFORMATION/DOCUMENTATION
Bibliographie, sites Internet, adaptation au théâtre 77

Lire

1 Dans quelles circonstances l'histoire des Vitalabri a-t-elle pris naissance (p. 8-9) ? Comment et pourquoi s'est-elle ensuite transformée ?

2 Par quels moyens le narrateur capte-t-il l'attention du lecteur au début de son récit (p. 10-12, l. 1 à 57) ?

3 Quels comportements racistes sont présentés dès le début du récit (p. 10, l. 1 à 18) ?

4 Comment le fils aîné se distingue-t-il du reste des enfants Vitalabri (p. 15-16, l. 145-167) ?

Écrire

5 Madame Vitalabri raconte à son mari et à ses enfants un événement qu'elle a vécu et qui confirme que « ici on n'aime pas les Vitalabri » (p. 11, l. 33). Rédigez son récit.

6 Quel unique livre emporteriez-vous s'il vous fallait tout abandonner et partir de chez vous ? Présentez-le et donnez vos raisons.

Chercher

7 Faites une recherche et relevez d'autres proverbes qui, comme le dicton persan (p. 9, l. 26-28), mettent en lumière le rôle et le pouvoir des histoires.

8 Dans quelles circonstances a-t-on fait disparaître volontairement des livres dans le passé ? Pour quelles raisons ? Faites une recherche sur les autodafés de livres.

9 Faites un panneau d'exposition pour présenter les instruments cités (p. 16-17, l. 168-170). Vous compléterez votre panneau avec ceux qui apparaîtront dans la suite de l'histoire.

À SAVOIR

LES MOTS DU RACISME

Le **raciste** croit qu'il existe des races humaines, qu'il compare en affirmant qu'il y en a des supérieures et des inférieures, des valables et des non valables, des bonnes et des mauvaises. Or, les races humaines n'existent pas : les êtres humains forment une seule communauté sur la planète que l'on désigne scientifiquement par le terme « genre humain ».

Le **xénophobe** n'aime pas les étrangers, ou alors il en a peur.

L'**antisémite** manifeste de la haine et du mépris à l'égard du peuple juif en général.

Lire

1 À quels dangers et quels problèmes sont confrontés les Vitalabri durant leur voyage ?

2 Pourquoi madame Vitalabri est-elle si enthousiaste lorsque le camarade Vitalabri propose de leur faire passer la frontière (p. 22, l. 4-5) ?

3 À quelles dépenses doivent s'attendre les Vitalabri s'ils veulent passer la frontière ?

Écrire

4 Rédigez le monologue intérieur du camarade Vitalabri lorsqu'il voit arriver au loin la famille Vitalabri (p. 22, l. 1-4).

5 Rédigez la description du pays de l'autre côté de la frontière (p. 22, l. 18-21) que fait le camarade Vitalabri à la famille.

Oral

6 Adaptez pour le théâtre les dialogues des pages 24-27 (l. 48-138) : ajoutez les noms des personnages, indiquez les différents tons qu'ils emploient, puis lisez votre texte à plusieurs voix.

Chercher

7 Faites une recherche et donnez la définition des mots « migrant », « exilé », « paria » et « résident ».

8 Quelles berceuses ou comptines traditionnelles connaissez-vous ? Faites écouter celle que vous préférez à vos camarades.

À SAVOIR

AUTEUR, NARRATEUR, PERSONNAGE

Il ne faut pas confondre l'**auteur** (Jean-Claude Grumberg), le **narrateur** (qui raconte) et le **personnage** (qui agit).

– Si le narrateur est **l'un des personnages** de l'histoire, il parle à la 1re personne et ne raconte que ce qu'il voit et fait.

– S'il est **extérieur** à l'histoire, il ne participe pas à l'action et parle à la 3e personne. Quand il sait tout de l'histoire, on dit qu'il est **omniscient**. C'est le cas ici : il sait ce qui se passe pour chacun des membres de la famille Vitalabri, et il lui arrive même de faire des commentaires ou d'interpeller le lecteur.

– Si le narrateur raconte les faits comme s'il se trouvait à la place d'un des personnages, il adopte un **point de vue interne**. C'est le cas à partir de la page 34 : l'histoire est racontée alternativement du point de vue du fils aîné ou du point de vue de ses parents.

Lire

1 Quelle est la fonction du Schnellbunker qui vient rencontrer la famille Vitalabri (p. 30-34, l. 31-125) ? Faites la liste des différentes informations qu'il donne.

2 Pourquoi le passant s'arrête-t-il, puis donne-t-il de l'argent à l'aîné jouant du violon ? Pourquoi reprend-il finalement ce qu'il lui a donné (p. 34-35, l. 132-158) ?

Écrire

3 Décrivez la tenue du « Vitalabri vêtu à la mode des nés quelque part » (p. 30, l. 31).

4 Le passant (p. 34, l. 132) rentre chez lui et raconte à sa femme ce qu'il vient de vivre. Rédigez son récit.

Oral

5 Cherchez et choisissez un solo de violon qui pourrait être le morceau joué par le fils aîné (p. 34-35, l. 129-138). Faites-le écouter à vos camarades et expliquez votre choix.

Chercher

6 Faites une recherche sur les différents styles de musique évoqués (p. 31, l. 59-60).

7 Faites une recherche sur Nelson Mandela, l'abbé Pierre, Rosa Parks et Angela Davis. Contre quelle forme d'intolérance ces personnages célèbres ont-ils lutté ?

8 Proposez une liste de six mots de la tolérance, avec leurs définitions.

À SAVOIR

LES MOTS DE L'INTOLÉRANCE

La **discrimination**, c'est traiter différemment une personne en prenant pour prétexte son origine, son sexe, son état de santé, son physique, ses mœurs, ses opinions…

La **ségrégation** prend pour motif la couleur de la peau, l'origine sociale ou la religion.

L'**exclusion** consiste à rejeter un individu d'un groupe.

La **marginalisation**, c'est exclure une personne en affirmant qu'elle n'a pas les moyens de s'intégrer à la société.

L'**expulsion**, c'est chasser quelqu'un du pays où il s'était établi.

Le **bannissement**, c'est expulser en interdisant à jamais de revenir.

L'**homophobie** se manifeste par une attitude agressive envers les homosexuels.

Lire

1 À quel moment la « combine » (p. 36, l. 2) du fils aîné a-t-elle déjà été utilisée ?

2 Pourquoi le fils aîné est-il si heureux (p. 36-38, l. 6-38) ? Comment ce bonheur se manifeste-t-il ? Qu'est-ce qui l'interrompt brutalement ?

3 Expliquez l'inquiétude des parents Vitalabri vis-à-vis de leur fils aîné (p. 39, l. 1-2).

4 En quoi l'enthousiasme du Schnellbunker est-il particulièrement déplacé (p. 39, l. 5-18) ?

5 Quelle suggestion le Schnellbunker fait-il à la famille Vitalabri ? Cette suggestion est-elle suivie (p. 44) ?

Écrire

6 Rédigez le texte de la « chanson nouvelle [...] allègre, revigorante, vivifiante » inventée par le fils aîné (p. 36, l. 14-15).

7 Répondez à la question du Schnellbunker sur la musique (p. 41, l. 55-56) et expliquez ce qu'elle représente pour vous.

Chercher

8 Faites une recherche sur des peuples victimes des politiques racistes des pays où ils vivent (par exemple : les Tutsis au Rwanda).

9 En quoi consiste le métier d'imprésario ?

À SAVOIR

LES JEUX SUR LES MOTS

Le calembour se base sur la différence de sens des mots homophones (« d'où ?/doux », p. 57, l. 102 et 104).

Les expressions imagées jouent de la différence entre la signification (le sens propre) et ce que signifie une expression (le sens figuré) : « les doigts dans le nez », p. 28, l. 157, pour « y arriver facilement». Jean-Claude Grumberg en fait un usage fréquent et s'amuse beaucoup du décalage entre les deux sens.

On peut aussi employer des onomatopées (« ouah-ouah », p. 13, l. 94), des mots polysémiques (qui ont plusieurs sens) ou des paronymes (mots qui ont des sonorités très proches), faire des allusions, imiter des dialectes, inverser ou condenser des syllabes (vite à l'abri/« Vitalabri »), inventer des mots (« turlututette », p. 17, l. 170)...

RETROUVAILLES

PAGES 47 À 62

Lire

1 En quoi le comportement des parents Vitalabri a-t-il changé (p. 47, l. 1-14) ? Qu'est-ce qui peut expliquer la transformation de leur caractère (p. 53-54, l. 15-33) ?

2 Pourquoi, à votre avis, le fils aîné ment-il sur sa condition de Vitalabri (p. 49, l. 22-23) ?

3 Qu'est-ce qui rend comique le dialogue entre les parents Vitalabri et le passant (p. 56-59, l. 66-150)?

4 Pourquoi les parents Vitalabri ne sont-ils pas crus ni même écoutés (p. 59-60, l. 154-174) ?

Écrire

5 Un journaliste venu assister au concert et chargé d'en faire un compte rendu écrit un article dans lequel il raconte les retrouvailles du fils aîné et de ses parents. Rédigez l'article.

Oral

6 Choisissez un poème ou un texte court qui évoque le mieux la tolérance selon vous, apprenez-le et récitez-le.

Chercher

7 Faites une recherche sur le musicien Vladimir Horowitz. En quoi peut-on comparer sa carrière à celle du fils aîné ? Qu'est-ce qui les différencie ?

8 Qui a instauré l'obligation en France de porter une étoile jaune cousue sur les vêtements ? Avec quelle intention ? Qui était concerné ? À quelle époque ?

9 Quel est le trajet suivi par les premiers Hébreux ? Pour quelles raisons se sont-ils déplacés ?

À SAVOIR

FIGURES DE STYLE : LES IMAGES

La **métaphore** consiste à établir une comparaison sans employer de terme de comparaison. Ex. : « des griffes des prédateurs » (p. 9, l. 32).
La **personnification** donne un caractère humain à ce qui est inanimé. Ex. : « danser les cailloux » (p. 21, l. 77).
La **métonymie** désigne un objet ou une notion par le nom d'autre chose qui le représente. Ex. : « les yeux des uniformes » (p. 27-28, l. 144-145).
La **périphrase** est l'emploi de plusieurs mots pour en désigner un seul. Ex. : « les bêtes à cornes dans les champs » (p. 21, l. 83) pour les vaches.

Lire

1 Pourquoi, selon vous, l'auteur n'a-t-il pas attribué de nom ou de prénom aux personnages de son histoire ?

2 À quels moments du récit et pour quel emploi la musique est-elle utilisée ? Comment son pouvoir s'est-il révélé à chaque fois ?

3 Par quel moyen le lecteur peut-il identifier certains pays dans lesquels les Vitalabri ont séjourné ?

4 Qu'est-ce qui, dans cette histoire, n'est effectivement « pas très vraisemblable » (p. 61, l. 200) ? Qu'est-ce qui est basé sur une réalité ?

Écrire

5 Les parents Vitalabri et leur fils aîné retrouvé se racontent mutuellement un épisode de leur vie particulièrement important pour eux, qui s'est déroulé pendant qu'ils étaient séparés. Imaginez et racontez.

6 Quels sont les différents sentiments et différentes raisons qui peuvent amener un homme à devenir intolérant ? Rédigez une petite fable qui racontera une histoire sur le thème de la tolérance et proposez une morale.

7 Rédigez les questions que vous aimeriez poser à l'auteur, Jean-Claude Grumberg, si vous l'aviez en face de vous.

Oral

8 Qu'est-ce que la lecture de ce récit vous a apporté ? Quelle prise de conscience, quelles interrogations a-t-elle provoquées en vous ? Organisez vos réflexions afin de participer à un débat.

À SAVOIR

POUR MIEUX VIVRE ENSEMBLE

L'ignorance est la source du racisme et de l'intolérance. Il est donc fondamental de **s'informer**, de **se cultiver**, de **dialoguer**, de **partager**, de nourrir son esprit et son cœur, de connaître l'existence de certains événements historiques (génocides de populations, nazisme…). Il faut savoir que la loi condamne les actes et les propos racistes.
S'ouvrir à d'autres univers et **accepter les différences** permet de **lutter contre les préjugés** et **d'avoir des arguments pour répondre** à certaines affirmations méchantes ou stupides que l'on ne doit pas accepter. Mais pour cela, il faut apprendre à vivre ensemble, même si ce n'est pas toujours facile !

Lire

1 Quels sont les personnages de l'histoire représentés sur l'illustration ? Quel est l'état d'esprit de chacun ?

2 À quels moments du récit de Jean-Claude Grumberg associez-vous cette illustration ? Relevez précisément les passages.

3 Observez l'arrière-plan. Quelle remarque faites-vous sur l'alignement des immeubles ? Quel est, selon vous, l'objectif du dessinateur ?

4 L'illustration de Ronan Badel vous a-t-elle donné envie de lire l'histoire de Jean-Claude Grumberg ? Expliquez pourquoi.

Écrire

5 Choisissez une image qui vous paraît bien illustrer le thème de la tolérance et rédigez une petite histoire en vous en inspirant.

6 Proposez vous aussi une illustration (en la réalisant, ou en la collectant) pour un passage des *Vitalabri* qui vous a particulièrement touché(e).

Oral

7 Quels albums illustrés appréciez-vous particulièrement pour leurs images ? Apportez-en en classe et présentez-les à vos camarades en expliquant leur intérêt pour vous.

Chercher

8 Faites une recherche sur les différentes techniques d'illustration.

9 Faites une recherche sur Ronan Badel et sélectionnez d'autres ouvrages qu'il a illustrés. Sur quels critères les avez-vous choisis ?

10 Faites une recherches sur quelques illustrateurs célèbres contemporains.

À SAVOIR

RONAN BADEL, AUTEUR ILLUSTRATEUR POUR LA JEUNESSE

Ronan Badel est né en 1972 en Bretagne où il réside actuellement. Il est diplômé de l'École supérieure des arts décoratifs de Strasbourg et a mis très tôt son art au service de la littérature jeunesse. Il exploite pour cela différentes techniques graphiques (comme le dessin en noir et blanc, à la plume, à l'encre de Chine, la gouache, l'aquarelle…). Il a dit lui-même, dans une interview donnée en 2014, qu'il ne sait jamais quelle piste graphique il va utiliser quand il reçoit un projet, mais que tout part du texte, pour lequel il doit avoir un coup de cœur. Impossible pour lui de concevoir son métier autrement !

GROUPEMENT DE TEXTES

DIRE LA TOLÉRANCE

Le récit de Jean-Claude Grumberg nous parle du racisme, des préjugés, de l'exclusion, de la pauvreté et cela sans douceur mais avec beaucoup d'humour. Et de ce fait, par opposition, il nous dit aussi la tolérance, la liberté, l'amour familial, l'optimisme… Il affirme qu'il faut croire en l'être humain et en sa capacité à réagir, malgré tout. Il nous invite surtout à nous interroger, et à poursuivre sans cesse notre réflexion, sans nous arrêter, à l'image de cette famille errante.

D'autres artistes, qu'ils soient poètes, peintres, dessinateurs, chansonniers, compositeurs, dramaturges, ont su dire magnifiquement, avec tendresse ou ferveur, ce que sont pour eux la tolérance et l'espoir d'un monde plus ouvert. En voici quelques exemples.

Marcel Béalu (1908-1993)

« L'anneau », *Les 100 plus belles pages de Marcel Béalu, présentées par Robert Plantier*, dirigé par Roland Busselen, © Belfond, un département de Place des Éditeurs, 1984.

Marcel Béalu, chapelier à Paris, grand amateur de poésie, publie son premier ouvrage en 1932. Il rencontre peu après Max Jacob, peintre et poète qui mourra au camp de concentration de Drancy en 1944. Après la Seconde Guerre mondiale, en 1949, il ouvre une librairie à laquelle il donne le nom d'un récit de Jean Paulhan, *Le Pont traversé*, et crée une revue nommée *Réalités secrètes*, qui paraîtra jusqu'en 1971. Il a écrit de nombreux poèmes, aussi bien en vers qu'en prose.

L'anneau

Pour les fiançailles d'amour
Des peuples redevenus frères
Les hommes construiront un jour
Par-dessus continents et mers
Par-dessus rives et rivières
Un pont sans arche ni piliers
Un pont qui tiendra dans les airs
Sans aide aucune à rien lié
Comme un grand arc-en-ciel de pierre
Qui fera le tour de la terre.

QUESTIONS

1. Que symbolise le pont (v. 6 et v. 7) ? Comment nomme-t-on cette figure de style ? Quel espoir le poète exprime-t-il en l'employant ?

2. Justifiez le titre du poème.

3. Pourquoi, selon vous, le poète n'a-t-il pas écrit de ponctuation ? Ajoutez-la, puis apprenez et récitez ce poème.

Daniel Pennac (né en 1944)

« L'instinct, le cœur et la raison », *Eux, c'est nous*, Les éditeurs jeunesse avec les réfugiés, novembre 2015, © DR.

Daniel Pennac est né en 1944 à Casablanca, au Maroc. Il a quatre frères aînés. Sa famille s'est beaucoup déplacée et a souvent changé de lieu de résidence, sur tous les continents. Élève médiocre mais grand lecteur, il est devenu enseignant, puis écrivain à part entière. Il puise son inspiration dans ses souvenirs d'enfance et d'écolier, et dans les nombreux voyages qu'il a faits.

L'instinct, le cœur et la raison

Si un homme, une femme, un enfant souffrent et que personne ne veut les secourir, vous entendrez tout. Toutes les excuses, toutes les justifications, toutes les bonnes raisons de ne pas leur tendre la main.

Dès qu'il s'agit de ne pas aider quelqu'un, on entend tout.

À commencer par le silence.

Si cet homme, cette femme ou cet enfant qui souffrent ne sont pas seuls à souffrir, s'il y a une guerre à nos portes, s'ils sont des milliers, des dizaines de milliers, des centaines de milliers, peut-être un million à nous demander de l'aide, nous ne pouvons pas ne pas en parler. Notre silence serait assourdissant.

Alors, voilà que nos politiques, nos journaux, nos télés, nos radios cherchent des mots. Et voilà qu'ils cherchent des images.

Ils doivent parler des victimes de guerre, n'est-ce pas ? D'hommes, de femmes, d'enfants, qu'on bombarde, qu'on fusille, qu'on torture, qu'on terrorise, qu'on affame, dont on a détruit les villes, dont on a brûlé les maisons,

qui ont déjà perdu un père, un frère, des parents, des amis. Ils doivent parler de rescapés qui fuient sur des routes qui ne sont même plus des routes, pour sauver leurs vies qui ne sont presque plus des vies. Ce sont de ces gens-là que nous devons parler, n'est-ce pas ? De ces gens dont nous pourrions faire partie, qui pourraient être moi, toi, vous.

Nous.

Mais qui sont *eux*.

QUESTIONS

1. Selon l'auteur, à quoi servent les « excuses », les « justifications » et les « bonnes raisons » (l. 2-3)?

2. Selon l'auteur, dans quel cas le silence est-il impossible ? Dans quel cas le silence serait-il « assourdissant » (l. 9-10) ?

3. Qui l'auteur désigne-t-il par « eux » (l. 22) ? Que cherche-t-il à signifier lorsqu'il oppose « eux » à « moi, toi, vous, nous » (l. 20-21) ?

4. Faites une recherche : dans quelles circonstances ce texte a-t-il été écrit par Daniel Pennac ?

Voltaire (1694-1778)

Traité sur la tolérance à l'occasion de la mort de Jean Calas, chapitre XXIII, 1763.

Voltaire a fait publier son *Traité sur la tolérance* en 1763 parce qu'il voulait à tout prix que Jean Calas, un protestant exécuté en 1762 (qui avait injustement été accusé d'avoir tué son fils pour le prétexte que ce dernier voulait se convertir au catholicisme), soit réhabilité, ce qui sera effectivement le cas en 1765.

S'opposant à toute forme de fanatisme religieux, le célèbre écrivain dénonce les superstitions et les abus faits au nom des religions, quelles qu'elles soient, et invite à la tolérance. Sa « prière à Dieu » apparait à la fin du *Traité*.

La prière à Dieu

Ce n'est donc plus aux hommes que je m'adresse ; c'est à toi, Dieu de tous les êtres, de tous les mondes et de tous les temps : s'il est permis à de faibles créatures perdues dans l'immensité, et imperceptibles[1] au reste de l'univers, d'oser te demander quelque chose, à toi qui as tout donné, à toi dont les décrets sont immuables[2] comme éternels, daigne regarder en pitié les erreurs attachées à notre nature ; que ces erreurs ne fassent point nos calamités[3]. Tu ne nous as point donné un cœur pour nous haïr, et des mains pour nous égorger ; fais que nous nous aidions mutuellement à supporter le fardeau d'une vie pénible et passagère ; que les petites différences entre les vêtements qui couvrent nos débiles[4] corps, entre tous nos langages insuffisants, entre tous nos usages ridicules, entre toutes nos lois imparfaites, entre toutes nos opinions insensées, entre toutes nos conditions si disproportionnées à nos yeux, et si égales devant toi ; que toutes ces petites nuances qui distinguent les atomes appelés hommes ne soient pas des signaux de haine et de persécution ; que ceux qui allument des cierges en plein midi pour te célébrer supportent ceux qui se contentent de la lumière de ton soleil ; que ceux qui couvrent leur robe d'une toile blanche pour dire qu'il faut t'aimer ne détestent pas ceux qui disent la même chose sous un manteau de laine noire ;

1. Indiscernables, c'est-à-dire que l'on ne peut pas repérer.
2. Définitivement établis.
3. Malheurs.
4. Faibles, fragiles, manquant de force et de vigueur.

qu'il soit égal de t'adorer dans un jargon[1] formé d'une ancienne langue, ou dans un jargon plus nouveau ; que ceux dont l'habit est teint en rouge ou en violet, qui dominent sur une petite parcelle d'un petit tas de la boue de ce monde, et qui possèdent quelques fragments arrondis d'un certain métal, jouissent sans orgueil de ce qu'ils appellent grandeur et richesse, et que les autres les voient sans envie : car tu sais qu'il n'y a dans ces vanités ni de quoi envier, ni de quoi s'enorgueillir.

QUESTIONS

1. Qui Voltaire désigne-t-il par le groupe de mots « faibles créatures perdues dans l'immensité, et imperceptibles au reste de l'univers » (l. 3-4) et par les pronoms « nous » (l. 7) et « ceux » (l. 15) ?

2. Que désigne le groupe de mots « quelques fragments arrondis d'un certain métal » (l. 22) ?

3. Quels passages de cette prière pouvez-vous rapprocher du récit de Jean-Claude Grumberg ? Expliquez pourquoi.

4. Qu'est-il surtout demandé à Dieu dans la prière ? Formulez cette demande en une seule phrase courte.

---

1. Langage incompréhensible.

BIBLIOGRAPHIE

• Documentaires

– *Le Racisme expliqué à ma fille*, Tahar Ben Jelloun, Le Seuil, 1998.
– *Le Racisme expliqué aux enfants*, Georges Jean, Les Éditions Ouvrières, 1998.
– *Savoir faire face au racisme*, Emmanuel Vaillant, Milan Junior, « Les Essentiels », 2003.
– *Pourquoi y a-t-il des gens racistes ?* Stéphane Hessel, Sophie Bordet-Pétillon et Élodie Durand, Bayard Jeunesse, 2012.
– *Le Grand livre contre le racisme*, collectif, Rue du monde, 2007.
– *Eux, c'est nous*, Daniel Pennac, Jessie Magana et Carole Saturno, ill. Serge Bloch, publié par plus de 40 éditeurs jeunesse qui se sont unis pour agir ensemble pour les réfugiés, 2015.
– *Ces intolérances « ordinaires »*, de Philippe Godard, ill. Antoine Chéreau, La Martinière Jeunesse, 2005.
– *L'ABCdaire de la citoyenneté pour mieux vivre ensemble*, Nicolas Rousseau, Flammarion Jeunesse, « Castor Doc », 2015.
– *Le Mini-Guide du citoyen*, de Sylvie Furois et Jean-Marie Furois, Milan, « Les Essentiels », 2014.
– *Comment vivre ensemble quand on ne vit pas pareil ?*, collectif, ill. Étienne Lécroart, La Ville brûle, 2016.
– *Vivons ensemble*, Mustapha Harzoune, Samia Messaoudi, ill. Hervé Pinel, Albin Michel Jeunesse, 2012.
– *Vivre ensemble, c'est quoi ?* Oscar Brenifier, ill. Frédéric Bénaglia, Nathan Jeunesse, 2011.
– *Diversité – Tous différents, uniques, exceptionnels*, collectif, ill. Mariona Cabassa, Oskar Jeunesse, 2010.

• Récits et histoires

– *Max et Koffi sont copains*, Dominique de Saint-Mars et Stéphane Bloch, Calligram, « Ainsi va la vie », 2004.
– *Allô Jésus, ici Momo*, Éric Simard, Mini Syros, 2013.
– *Moi, canard*, Ramona Badescu, ill. Fanny Dreyer, libre adaptation pour le théâtre du conte « Le Vilain Petit Canard » de Hans Christian Andersen, Cambourakis, 2016.
– *L'Oizochat*, Rémi Courgeon, Mango Jeunesse, 2014.

– *Les Philo-fables pour vivre ensemble*, Michel Piquemal, ill. Philippe Lagautrière, Albin Michel Jeunesse, 2009.
– *Histoires pour vivre heureux – 14 contes de sagesse*, Bénédicte Jeancourt, Gwenaëlle Boulet, Baptiste Jacomino, Bayard Jeunesse, 2014.
– *Soudain dans la forêt profonde*, Amos Oz, trad. de l'hébreu par Sylvie Cohen, ill. Georg Hallensleben, Gallimard Jeunesse, 2008.
– *La Bille d'Idriss*, de René Gouichoux, ill. Zaü, Rue du Monde, 2017.
– *Avec trois brins de laine (on peut refaire le monde)*, Henriqueta Christina, ill. Yara Kono, Éditions des Éléphants, Amnesty International, 2016.
– *Sans papiers*, Agnès de Lestrade, Éditions Bulle de Savon, 2017.
– *Café au lait et pain aux raisins*, Carolin Phillips, traduction de Jeanne Etoré, Castor Poche Junior, 1999.

SITES INTERNET

– Le site de la campagne européenne de la jeunesse contre le racisme et l'intolérance : www.ecri.coe.int
– Le site des petits citoyens : https://lespetitscitoyens.com/

ADAPTATION AU THÉÂTRE

Les Vitalabri, mise en scène par Lisa Wurmser, musique d'Éric Slabiak, avec Olga Grumberg, Pascale Blaison, Pascal Vannson, Éric Slabiak, Théâtre Le Petit Louvre, Avignon, 2016.
Pour consulter les dossiers pédagogiques et la revue de presse de cette mise en scène, et voir la bande-annonce :
https://www.anthea-antibes.fr/pdf/dossier-pedagogique/2018-11-DP-366-les-vitalabri.pdf
http://www.theatre-corbeil-essonnes.fr/dossiers-presse/2016-les-vitalabri.pdf
http://www.arts-spectacles-prod.com/Spectacle-Les-Vitalibri.html

Couverture
Conception graphique : Marie-Astrid Bailly-Maître et Yannick Le Bourg
Illustration : Ronan Badel, illustration tirée de l'ouvrage *Les Vitalabri*

Intérieur
Conception graphique : Marie-Astrid Bailly-Maître et Muriel Ouziane
Édition : Olivia Germande
Réalisation : Nord Compo, Villeneuve-d'Ascq

www.magnard.fr
www.classiquesetcontemporains.com

Achevé d'imprimer en juin 2019
par «La Tipografica Varese Srl» en Italie
N° éditeur : 2018-0723
Dépôt légal : juin 2019

Certifié PEFC
Ce produit est issu de forêts gérées durablement et de sources contrôlées
PEFC/18-31-264
www.pefc-france.org